LAS 500 OVEJAS

Texto: Pablo Gonzalez Ilustraciones: Julieta V. Warman

Shinseken

Había una vez un estanciero muy rico, dueño de una enorme estancia, la Estancia Sin Fin. De hecho, como el propio nombre decía, la hacienda parecía no tener límites. De las ventanas de su casa, él podía ver extensos campos que se perdían en el horizonte, pero aún así sus tierras iban aún más, mucho más allá.

Desde las ventanas de la misma casa se podían avistar también pequeños montes, que se prolongaban hasta la línea del horizonte; pero las tierras del estanciero subían todos aquellos montes, ultrapasaban sus puntos más elevados y continuaban del otro lado, hacia mucho más lejos.

Había, aún, cerca de la línea del horizonte, bien visibles desde las ventanas de la estancia, un río unido a algunas lagunas. Pero las tierras de la estancia iban aún más, mucho más lejos.

Pero la gran riqueza del estanciero no era principalmente la tierra. Más allá de ésta, tenía ganado, que también parecía igualmente sin fin. Bueyes, caballos, ovejas. Principalmente ovejas; éstas eran las niñas de sus ojos.

La casa de la estancia se levantaba así imponente, como símbolo de aquella riqueza, en contraste con las pequeñas y pobres casas de los empleados que se erguían a los alrededores.

El estanciero no era un mal hombre, pero tenía un solo defecto: no sabía repartir su inmensa riqueza con las personas que trabajaban para conservarla y aumentarla. Sus ovejas producían gran cantidad de lana que era vendida a buen precio todos los años, pero él se olvidaba de proteger con parte de ella a sus empleados. Ellos eran obligados a usar rústicas pieles de animales para protegerse del frío, siempre riguroso todos los inviernos. Las tierras de aquella estancia se encontraban en la vasta pampa, donde el viento sur sopla sin piedad, helando hasta el alma.

Y aquel invierno fue realmente terrible. Aquel viento frío era tan frío que parecía soplar de muy lejos, tal vez del propio Polo Sur. Y cuando el viento paraba de soplar, caía la nieve. Viento y nieve, nieve y viento se alternaban para helar a los pobres habitantes de aquellas rústicas casas de la gran estancia.

Varias veces los habitantes de la estancia le habían pedido al dueño una pequeña parte de la lana aún en stock en la estancia, para abrigarse con ella: sacos para los adultos, mantas para los niños. El estanciero no daba importancia a tales pedidos. Delante de sus ojos la lana brillaba como monedas de oro, y mantas de lana para simples campesinos era un lujo que él no podía admitir.

Más riguroso se hacía el invierno, más severo el estanciero se tornaba. Y más el descontento entre los habitantes de la Estancia Sin Fin.

Y fue cuando, noche tras noche, las 500 ovejas, orgullo del estanciero, comenzaron a desaparecer. Durante el invierno quedaban guardadas en un corral especial, difícilmente podrían salir al campo. Pero, no se sabe cómo, comenzaron a desaparecer, noche tras noche. Al principio una o dos, luego más decenas y decenas cada noche. Se oía apenas el sonido de una flauta, tocando una música suave, que hacía adormecer a todos los seres humanos que se atrevían a aproximarse.

El asombro entre los habitantes de la estancia fue general, y mayor el shock del estanciero. ¿Cómo explicar aquel misterio?

"Arte de algún ladrón mágico", decía uno. "Venganza de un alma del otro mundo", decía otro.

Entre las humildes casas de los habitantes que rodeaban la noble mansión del estanciero, había una en que vivía sola una anciana con sus más de ochenta años. De joven, había trabajado en la casa de la estancia, ayudando a criar al estanciero. Su rostro, cubierto de arrugas, era la prueba de una vida rica en mucha y mucha experiencia.

"Esto es castigo, es castigo, señor", dijo ella cuando fue llamada ante la presencia del estanciero. "El señor tiene que hacer todo diferente. Sólo usted puede hacer volver a las 500 ovejas", dijo ella su opinión, en tono misterioso. Y sin mayores explicaciones, pidió permiso y volvió para su casita de al lado.

El estanciero pensó y pensó. Las ovejas comenzaron a desaparecer cuando él comenzó a negar la lana a los habitantes. Y las ovejas desaparecieron llevadas por el sonido de una misteriosa flauta. Todo esto le dio algunas ideas. Mandó rápidamente distribuir todo el stock de lana para todos los habitantes. Nadie iría a sentir más frío en la Estancia Sin Fin.

Al estanciero le gustaba tocar el violín. Era realmente un maníaco por este instrumento, su mayor distracción en aquella gran casa de estancia. Tuvo entonces la gran idea: montó su mejor caballo y salió de noche, campo afuera, a tocar el violín. Tocaba una música suave y atrayente, tal como aquella flauta mágica que había hecho desaparecer a sus 500 ovejas. Y todas las noches aparecían nuevamente las ovejas. Volvían tranquilas al viejo corral: una, dos, decenas, más y más, hasta que todas las 500 se reunieron al fin.

Desde entonces, no faltó en la Estancia Sin Fin lana para todos los habitantes. Y no faltaron tampoco ovejas. Allí estaban todas las 500, produciendo aún más lana, para dar lucro al estanciero y abrigo a todos los habitantes. Y el estanciero todas las noches incluía en su programa un concierto de violín para las ovejas. Así ellas dormían mejor, y ninguna había vuelto a desaparecer: siempre 500...

LAS 500 OVEJAS

Desde el sur de Brasil pasando por Uruguay hasta el sur de Argentina se extiende "la pampa", una de las zonas de mayores pastizales naturales del mundo. El término pampa proviene del quechua y quiere decir llanura, campo raso, sin vegetación. En esas zonas vive el gaucho, personaje particular con costumbres, trajes y lenguajes típicos. Una especie de cow-boy latinoamericano. Este reino del gaucho, con zonas exuberantes y algunas áridas, pero con pastizales, es también el paraíso de rebaños de vacas, caballos y ovejas, y todo tipo de animales ligados a la vida diaria de los seres humanos.
Esta historia se desarrolla en la pampa patagónica, al sur de Argentina, es una adaptación de un cuento popular latinoamericano.

Pablo Gonzalez

Nació en Río de Janeiro, Brasil. Vive en Japón desde 1962 y ha pasado casi 40 años viajando por todo el país, conociendo y admirando sus paisajes y gentes. P.Gonzalez dirige actualmente una editorial y mantiene vivo su interés por cuentos procedentes de cualquier parte del mundo.

Julieta Warman

Artista plástica argentina, nació en La Plata, Provincia de Buenos Aires. Profesora y licenciada de Artes Plásticas, recibida en la Universidad Nacional de La Plata. Estudios de especialización en técnicas de grabado con Osvaldo Jalil, Buenos Aires. Posteriores estudios de la técnica de litografía en La Habana, Cuba. Participa activamente en salones nacionales e internacionales, donde ha sido seleccionada numerosas veces. Entre otras distinciones obtuvo el primero premio en el Concurso Nacional de Ex Libris Carlos Morel, y el segundo premio del Concurso de Ex Libris de la Biblioteca Municipal de Hurlingham. Vive y trabaja en La Plata, Argentina.

LAS 500 OVEJAS

2002年10月28日発行

再話	Pablo Gonzalez（パブロ・ゴンサレス）		
絵	Julieta V. Warman（フリエタ・V・ワールマン）		
デザイン	有薗 栄子	印刷・製本	㈱ 太平印刷社
発行人	M. クレスポ	定価	本体2761円＋税
発行所	新世研	ISBN	4-88012-481-8
〒177-0041	東京都練馬区石神井町6-27-29	スペイン語版／Spanish Edition	
TEL 03 (3995) 8871 / FAX 03 (5393) 0456		Printed in Japan	

乱丁・落丁本は，お取り替えいたします。